合同詩集

心をみつめて

声で伝える
鈴木文子の朗読の会編

コールサック社

合同詩集

心をみつめて

声で伝える　鈴木文子の朗読の会　編

目次

合同詩集

心をみつめて

声で伝える

鈴木文子の朗読の会　編

序詩

新川和江

木かげ

小さな木は　背のびをし
葉っぱもどっさりつけて
この夏やっと
木かげをつくることが　できました

子どもを連れた
買いもの帰りのおかあさんが
「ちょっとすずんで行きましょうね」
大きな木の下のベンチに
荷もつをおいて　腰かけました

「ぼくは　こっちがいい」
子どもはチョコチョコ走って
小さな木の　小さな木かげにはいり
ちんまり　しゃがみました

小さな木は
どんなに嬉しかったでしょう
じぶんのつくった木かげで
はじめて人が
すずんでくれたのです

子どものほそいえりくびや
汗ばんだひたいに
小さな木は

いっしょけんめい　枝をゆすって
風を送ってあげました

来年　子どもはもっと大きくなって
ランドセルをカタカタ鳴らし
この道を走って帰ってくるのでしょうか
でも　だいじょうぶ
木も　もっともっと大きくなります

宝石

四篇

藤井民子

野鳥

夫が定年になって
庭の木に餌台を作った
起きるとパンくずを運ぶのが
毎朝の日課になる
待っていたかのようにスズメが来る

身近に感じる割に
特徴や生態等はほとんど分からないのが
スズメだそうだ
警戒心も強く

ガラス越しに立つだけですぐに逃げる
謎の多い野鳥の代表とか

この辺　手賀沼周辺は野鳥の多いところ
狭い我が家の庭にも
見たこともないきれいな鳥が
時々　飛んできてくれる
メジロ、キビタキ、シジュウカラ……
あれ何という名の鳥？
老夫婦の会話
一度覚えてもすぐ忘れる

時に　かわいくユーモラス
時に　激しく野性的
心が癒される鳥たち

幸せを運んでくれる
青い鳥　来ないかなあ！

車を手放して

免許返納して　一年
五十年　毎日のように乗っていた
思い出が頭の中を駆けめぐっている
身体の一部だった

手放す時
その時が来た
ああ歳になったのだと

長男が二歳半位の時

託児所ありというチラシを見て
飛び込んだ自動車学校

子供が小さい時
二人を乗せ方々へ連れて行ったこと
夫を駅まで送り迎えしたこと
行動範囲が広くなり
友達がいっぱいできた
人生の一部になった

誰もいない車の狭い空間が一番好きだった
無事故で終えたことに感謝

今は歩くことが苦にならない
元気よくいつまでも歩きたい

宝石

四歳になったあやちゃんは
いつも　ベアちゃん　バッグを　提《さ》げて来る
私から見ると
ガラクタのオモチャ　指輪　ブレスレット
大事そうに床に広げ　すごいでしょ

夫と旅行に出るので
あやちゃんのお土産なにがいいかな
宝石
分かった　買ってくるね

ただいま
　おばあちゃん　宝石は？
ビーズの腕輪を　はい　おみやげ
早速　腕につけ
満面の笑顔が宝石だ

あんなに喜んでくれる孫
どんな宝石にも代えがたい
私の宝物

運動会

残暑の厳しい日
初孫　小学生最後の運動会
父親たちが開門と同時にダッシュ！
シートを広げ応援場所を取る

孫が出かける時
目印にシマウマの靴下履いてね
もうシートの上は人で一杯
全校生徒八百名近いとか
シートに寝ているパパ

写真を撮っているおじいちゃん
お喋りしているママ達

六年生の組体操
笛の音に身が引き締まる
鼓動が激しくなる
十二歳の子ども達の演技
頑張って　祈りも込め
背伸びして孫を探す
どこ?どこ?　分からない
あっ!いたいた　やった!
成功　目頭が熱くなった
深呼吸する　空気が美味《おい》しい
砂音を立てて退場行進

メインイベント　紅白リレー
孫は何時もリレー選手　今年もアンカー
周囲の両親　じいちゃん・ばあちゃん
私も立ち上がって応援
アンカーが来る　来る　来た　二番手だ
玲ちゃんガンバレ　ガンバレー
テープの二メートル前で抜いた！
うちの子も　よその子も無い
観客全員が立ち上がって　拍手　拍手

町中散歩

四篇

窪谷泰子

寒い冬

関東地方にも寒い冬がやって来た
今年は季節の移り変わりがはげしく
自分の身体を維持するのにも大変
今日もくもり今にも雪が降って
来るような空　おお寒い寒い
灰色の空からきらめく雪になって
今にも雪が降って来るような空
昔を思い出す　母がコタツを入れて
甘いお汁粉《しるこ》を作ってくれた
懐かしい母のお汁粉

友達を呼んで皆んなで食べた
ほんとに美味しかった　楽しかった
私も母に負けないようなお汁粉作ろう
美味しかった
母さんありがとう

町中散歩

えーいらっしゃい、いらっしゃい、安いよ、安いよ
商店街のいせいのいいよび声
何となくいいにおいがして来る
揚げものの、魚の焼くにおい
煮物のにおい、ヤキトリもいいわね

それから
なんだか私もウキウキして来る
今日の夕食は皆んな何にするのかな
店の右、左、をきょろきょろとして歩く

安くておいしい物は、ないかな

奥さん試食してみて、今出来たばかりの煮物
おいしいよ
好きなのたべて、たべて
え、ありがとう活気あふれる商店街、なんと楽しい
皆んな忙しそうに買っている
私も今日は何にしようかな
そうだ奮発《ふんぱつ》してステーキでも焼こうか
鍋物もいいね
そうそうヤキトリも

買物の袋がだんだんふくらんで行く
にぎやかな商店街
夫の笑顔がうかぶ

おいしい物作ろう早くかえって
ガンバルぞー
夕食が楽しみだ
又明日も町歩きしよう
何かいいものが見つかるかもね

ちょっと肌寒い夕ぐれ
そろそろ公園の紅葉も終わりに近づいた
なんとなく、さびしい
なんとなく、さびしい
又寒い冬がやって来る

春

春の匂いがやって来た
道に咲いている小さな花可愛い
いよいよ春ですね
今年は梅もサクラも早く咲くので
一週間早いとか？
各地方から花の便りがやってくる
昔、吉野山へさくらを見に行った
見事なさくらだった
サクラの中にいる自分は
なにか絵本の中にいる様な

気分だった　サークラ　サークラ
ハラハラ舞いおちて来る花びら
歌をうたいたくなる
サクラの花びらが高くつもって
まるでじゅうたんのようだあの自然の美しさ
もう一度見に行きたい来年も又……
木々のめぐみを匂わせて来る春
早く来い来い暖かな春

電話

もしもし　おばあちゃん　元気にしてる
ハイハイ。
夏は天候不順で体調わるかったけど
今は元気にしてますよ
あなたは？　宿題すんだの？

この前の旅行楽しかった　また行きたいね。
そうそう電車で景色見ながらのお弁当
一味ちがうって　言ってたわね
ほんとにそうかもしれないね

おいしいお弁当買って　また行きましょう

おばあちゃん
クスリ飲むの忘れないでね
暑い日は無理して買い物に行かないように！
病気にならないかと心配だよ

今度はどこに行くのか
今度はどこへ行こうか
楽しみにしてるよ

山百合

四篇

山﨑清子

山百合

つつじのこんもりから
白い山ゆりの花が　三輪
紅いしべを　裸にして
反り返った白い花びら

つつじの藪の小枝の中を
上手にすり抜けて
花と蕾は　すこし揺らいで
お日さまと夏風を満喫して

その昔　曽祖父が露地を築いた
この山百合はどうしてつつじの根元に
この花を見るたび　心が痛む

芽吹きの春から一つの点が
ずーっと日陰で　少しずつ明るさを求めて
小枝をすり抜け　暑い夏の日に
花は　あたり前の顔して　揺れている

茨の道なぞ　無かったように

もろこし

春おそく
霜を気遣いながら
無事　二つ葉が覗くと
ほっと　期待する

丈伸びて　広い葉の間に
小さい点がのぞき　白いおひげ

風に揺れて　花粉が舞い散り
うす茶色のおひげ　背伸びして陽を浴び

日ごと　身ごもったように
ふくらむ

おひげは　たわらの実のお母さん
一粒ごとにつながっている

びっくり　膨らんだ　たわら
そんな頃
根もとに太い根が生えて
黒いビニールを突き破り地下で
親木を支えてる

桑の実

暮れ方　山の畑から帰り道
竹藪から　紅い実がキラキラしている
近づいてみたら　丈高く茂った桑の実
一粒つまんで　口に甘酸《あまず》っぱく少女のころの味

この地に来て　六十余年
当時の千二百坪の桑畑は　大切に手入れ
養蚕《ようさん》に励んだ　時の流れに　りんご作り
主人が他界し　りんご畑もさよなら
三百坪の野菜畑は　私の仕事に

残りの広い畑はすぎなと雑草　草退治に
息子は苦労している　畑は暮らしを押しつぶす
思い切って　放置畑にしたいと――でも
思いきれない　百姓の心

小さい桑の木がいつ芽生えたのか――
竹藪の　かげで密かに成長し　実をつけた
日増しに　黒々と熟れて落ちている
手をのばし一粒　とろける甘さが　懐かしい
人影もなく　甘い実はそのまま朽ちてゆく

翌日の通りがかりに
片側の藪から　子すずめが
サッと黒い実をくわえて　飛び去った
桑の実は　鳥たちを育てている

暖かい風が　私を包む

九十歳のクラス会

七十余年も前の女学生時代の物語
農繁期には生れた所で農家のお手伝い
役場の庭に集まり村長さんのご挨拶
学校からは女の山浦先生が生徒を見守る

勤労奉仕が終わると
朝二時間だけの授業　三時間めからは
学校工場のミシンで軍人さんの
労働着の縫製　「欲しがりません　勝つまでは」
しかし　心の中はいつもすき間風が吹いていた

作業台の下に隠れて「少女の友」「少女クラブ」など
先生に隠れて　愛読し少し良心にとがめながらも
それが慰めだった
同じ作業台の五人で詩　散文など　同じ作品を
自筆で五枚それぞれに持ち寄り
当番で表紙絵も工夫して　冊子を作り名は
「信濃路の四季」Ｋさんの発案でした

それから十数年　子ども達も独立し
愛らしいひ孫にも恵まれて

春に一度　一泊二日のクラス会
長年続く「クラス会」　この集いが　終わると
野良仕事が始まる

時は流れて
九十歳「もう頑張らなくてもいいよ」
人は言うけれど　一人暮らしはゆっくりしながら――

夏の晴れ間に

五篇

永田浩子

夏の晴れ間に

明るい空から降る雨は
きらきら光って降りてくる
小さな雨粒　通したように連なって
暑さで弱った花々に
いたわるように
触れながら
すいふようのピンクが濃くなった
明るい空が注ぐ雨は
静かに
青みをおびて真っすぐに

枯れそな心を潤すように

こうもり

夜中にふと目を覚ますと
白い天井を黒いものが旋回している
静寂の中
羽ばたきもせず大きな翼を広げたまま音もなく

こうもり？　そうだこうもりだ
箒で必死に捕まえようとして叶わなかった
それが飛んでいる
起き出して
留まったところを虫取り網で捕まえた

朝になったらよく観察しよう
大きな袋に空気穴を作って入れた
朝、何処をさがしても、姿がない
やっと階下の台所の隅に隠れているところを捕らえた
やさしく逃がしてやろうと玄関に出ると
歯をむき威嚇《いかく》する悪蝙蝠の形相《ぎょうそう》
幼い頃のこうもりへの憧れは
たちまち消えた

スナップエンドウの花が咲いた

残り少ない命であることは　誰の目にも明らか
土気色の顔　放射線治療で腰の骨は炭
それでも　大地に鍬を振るった
スナップエンドウの種を蒔《ま》く　三粒ずつ蒔いて行く
時どき　背を伸ばし腰をさすっては
彼方に目をやり　蒔いていた

春　畑いちめんに白い命が咲き
やがて　実をつけた
緑濃いふっくらとした実りだった

残された私は縁ある人々に
「天国からの贈り物です」　涙で手渡した

思い浮かぶのは夫の強さ
愛しいものたちを
いつまでも見守り続けたい眼差し
エンドウの花　開いた

木洩れ日の下で

あなたは辛かった日々を思い
がんばった自分を語っている
わたしは風が運ぶ貴女の声に耳を傾けている
あなたは母上のことを語る
多くの縁談に見向きもせず女手一つで
二人の子供を立派に育て上げた
毅然《きぜん》と凛々しく美しい母上だったと
水面を渡る風が頰に優しい
あなたは戦争のことを語る
学徒動員で女学校の授業を殆ど受けられなかった

無念さを

ほら　木洩れ日が私たちをちらちらと照らしていますよ
柔らかな緑葉のそよぎ　小鳥のさえずり
それらに心を遊ばせませんか
今日のこのときを豊かな色彩で語りましょう
明日咲く花に夢を託し
八十路の私たちも歩みを一歩進めましょう

ゼロか一しか選択肢のないあなたへ

あなたは今、何の挨拶もなく家を出た
今日は入試の日
世の母だったら早起きして朝食を用意し
温かい飲み物をカップに注ぐだろう
用意されたリビングの扉を開けることもなく
励ましの言葉も無用と通り過ぎていった

あなたはコンピューターの様に
一かゼロの間の思考はないという
父母から離れた時から

人の手を煩わせず自分自身で考えていくことを
選択したのだ　そこに曖昧さはない

あなたにとって残念なことであろうが
いつか　多くの人の心が黒と白のグラデーションの中で
ゼロと一の間のコンマの世界で揺れうごいている事を
理解するだろう　そしてその様に生きる
自分自身を許せるようになるだろう

辺野古の海

四篇

太田章子

忍者

たいようとおにごっこをしながら
ようちえんにいきました
おれがあるくと　たいようもあるきました
おれがとまると　たいようもとまりました
おれがはしると　たいようもはしりました
ようちえんについたら　つかまってしまいました
おしまい

おおきくなったら　にんじゃになります
にんじゃのしゅぎょうにいってきます

木の靴ベラを背中にさして
玄関を飛び出し
シャラの木の根っこに足をかけて
枝にぶら下がったり
庭石から飛び降りたり
落ち葉を身体にふりかけて
　にんぽう　かくれみのじゅつ

「忍者」になりきっている
しゅんちゃん五歳

一〇〇歳の誕生日

濃いピンク
赤い斑入《ふい》りのコチョウラン
ペリカリスは花びらの先が薄いピンク
真っ赤なバラとカスミソウ
オレンジでまとめたバラ
鉢植えや花束が並ぶ
ばあちゃんの部屋
大女優の楽屋だ

一〇〇歳おめでとうございます

長寿日本一めざして
これからも長生きしてください

デイサービスの職員から色紙のよせがき
食事もトイレも介助されているが
会話が　かみあわないこともあるが
戦争をくぐりぬけ
時代の変化にとまどいながらも
明治　大正　昭和　平成
一〇〇年　生きてきたのだ

七四歳の息子は　「どっこいしょ」
七〇歳の嫁さんも　「やっこらさ」
気合を入れて
ばあちゃんの舞台をささえている

「ふくしま」を

一歳五ケ月のしゅんちゃん
歩きはじめにフラリとするが
脚をふんばって
肩をゆすって　いちに　いちに

冷たい風でも　外が大好き
プラスチックの黄色いシャベルで
土を　ほりほり
ヒヤシンスがつぼみをふくらませ
クリスマスローズが咲き出し

カラスやスズメがやってくる
道端には
つるつる　でこぼこの石が散らばっている
外の世界は
ふしぎなものが　いっぱいだ

「外に出ては　だめよ」
「ふくしま」の子どもたち
かあさんに　何度　言われたことだろう

放射性物質は
音もなく　においもなく
写真に写ることもなく
空気にも　大地にも　海にも染みている

しゅんちゃんといっしょに「ふくしま」につながる土を掘る

辺野古の海

投げ込まれた土砂
海の濁る様子が頭から離れない
「辺野古に基地をつくるな！」
キャンプゲート前で座り込んだ
一日中　プラカードを持って立ち続けた
アコーデオンにあわせ歌った「沖縄をかえせ」
テントの下で語った　悲喜こもごも

住民の座り込みは

二〇〇四年沖縄防衛施設局の
ボーリング調査強行からはじまり
毎日　日数が記録された
動物園のオリは
動物の逃走を防ぐため内側に曲がっている
基地を囲む金網のてっぺんは
基地の外側に曲げられている
私たちは逃げないぞ　あきらめないぞ
海底に七万本の杭は打たせないぞ

警告
物を取り付けたり張り付けたりする行為
汚す行為　破壊する行為　取り除く行為
違反行為は日本国警察に通報する
海兵隊太平洋基地

英語と日本語で書かれた看板　警告を打ち消す
風を孕む布の寄せ書き　色とりどりの文字
　民意は新基地建設ＮＯ
　止めよう辺野古埋めたて
　　命どぅ宝

「簡単には勝てない
　それでも　簡単には負けない」
翁長樹子さんの力強い声が
白い砂浜から
海風に乗って　渡っていく

二〇一九年二月二四日
県民投票は「基地建設反対」が七割を超えた

お岩さんになった師匠

四篇

野口正士

お岩さんになった師匠

私の師匠は詩人のＳさん
昨年の暮れに荷物を持って
宅配便業者を目指して暗い道を急いでいた
その時
街路樹の根が持ち上げた歩道に躓《つまず》いて
転んでしまったという
手にしていた荷物は
放り出すことなく持っていて
右の頬から着地して強打したという

女性なら綺麗に　綺麗にというように
誰もが顔は大事にしているもので
眼鏡は破壊してしまい
強打した顔は腫れて
大きな痣《あざ》
　刺青したようだろう　と言うと
　お岩さんだよ
可哀相で笑ってはいられなかった

高齢ということもあるが
　近くに住む妹に世話になって
　医者通いが忙しい

三週間も過ぎていて電話では
　顔の痣はマスクで隠れていて丁度良い

私は
　お岩さんもマスクをしているので
　コロナに救われてるね
マスクの効用は意外なところにあるものだ
　ＭＲＩで診てもらったら
　どこも異常は無い
電話の声は元気があって
以前と変らないような気がする

誰かに悩みを言うと
気が晴れるということもあるが
声を聞く限りでは
もう大丈夫だと思っている

茸狩

台風の影響で降り続いた四日間
山に入ると濡れた立ち木の肌は黒く
足元の落葉は滑りやすい

登山口からの急な登りは
土砂が流され溝
少し登ると
何処にでもある毒茸
憎らしいほどの群落だ
食べられるものは姿がない

こういう時は豊作の証
鈍《なま》った身体は汗にまみれ息がきれ
休み休み登っていく

藪の中に
太くて白いウラベニホテイシメジを見つけた
笠が大きな美人
周囲を見回して数本手にした
雨が多かったのも幸運で
アブラシメジのマケ（まとまり）も見つけた
斜面に孤を描き百本もの群生
カメラは持たないが
写真に撮りたい
嬉しい瞬間

茸狩に入った人の気配は無く
獣道ばかりで不気味な
何の音も無い

遠くを走る電車の音
一休みして尾根を下ると
沢の水音が聞こえる
駐車場が近い

冷水を浴びる

テレビは裏日本の大雪を伝え
苦しんでいる人が多いが
我が地は雨も雪もなくカラカラ
耳が痛い日が続いていて
コロナ禍で外出を控えているため
炬燵での時間が多い

夕食の後
　風呂に入れるよー
早く入って　と思い直ちに浴室へ向った

蛇口の下に桶を置き
無意識に栓を開いたら
お湯が出ると思っていたのに
頭の上からの冷水を浴びてしまった
跳びあがるような驚きで
笑う人は無くても
おかしな光景だったろう

裸の老人がだらしない格好で
風呂の湯を掬《すく》ってかぶり
お湯の中に飛びこんだ

寒中水浴とは情けない

夢の中で逝けたら

いつものことだが
テレビや本を見ていると
　風呂に入れるよー
そうすると早めに入浴して
気分良く過すために向う風呂
一日の疲れを取るには
最高の場だと思っている

入浴好きの我だが
湯に浸かっている時間はごく短い

もう出てきたんか！
　カラスの行水だな
そんなことを言われたのは何回も
ところがいつでもそうとは限らず
気分が良くて眠った事もあり
肩まで浸っていて
湯を飲んで目覚めたことさえ
今では少し長くなると
心配した妻は
　どうかしたー

暖かい布団で眠っていて見た夢は
真っ暗の風呂に入っていて
妻が声をかけてきた
　どうしたのー

頭まで布団の中で声が出ない
目覚めてしまい夢なのかと分り　真っ暗
いい気持ちで眠っていて
入浴中でのことで気分が良かった

就寝中に亡くなる人がたまにはいるが
入浴の夢を見ながら逝けたら
　幸せだろうな
そんなことを思うこのごろ

ホハル　四篇

清水美智子

ホハル

二〇一八年七月　西日本大豪雨
水災《すいさい》で中味が空っぽになった家々
夜になると
星一つない空の下
ひとあし早く立ち直ったホハル
ホハルだけが豆電球をつけてライトアップ
私は　ホハルの意味がわからなかった
夫が電気を見て
「帆を張るの意味だ」と教えてくれた

真備町《まびちょう》全体が　帆を張って進むという意味

クリスマスツリーのような電球で
帆を張っているホハル
身体に障害のある子供達の施設だという
みんなすくすく育ち
帆を張って大きくなってほしい

クラウドファンディング*で
日本中から集まった大きなお金
子供達の笑顔のようにキラキラ光っている

*クラウドファンディング
　不特定多数の人が通常インターネット経由で他の人々や組織に財源提供や協力などを行う

出会い

貴方は雨の朝
原水禁のビラを配っていた
貴方は恥ずかしそうに
声かけてビラを手渡した
私はエメラルドグリーンのワンピースでビラを受け取った
ビラ一枚が
二人の縁

次郎のスーツ

次郎は三十五歳
友達の結婚式ではなく
自分の花嫁とタキシード姿で
私の前に立ってほしい

「おかあさんありがとう‼
スーツは高島屋で買ったよ」次郎からの電話
次郎はスペインに行く
友達の結婚式だ

その声は
喜びと誇りにあふれていた
スマホの写真は国際人となって
友人と写っていた
古びたスーツは
タンスの奥でお留守番

花と地球

夫と今年も砂田園芸に
花の苗を買いに行く
黄色くて大きな花びらのパンジー
紫色の小さなビオラ　赤い金魚草
今年は温室の中に入って
シャキシャキ歩いて花選び

庭は春の用意をしている
秋のもみじを残しサザンカが白い八重の花
向かいには赤いサザンカ

庭は地球そのものだ　春夏秋冬がごちゃ混ぜになって
何か恐いことが起こる気配がする

パンドラの箱には最後に宝物が入っている
パンジーが咲きビオラが咲き
いつか希望につつまれる世界が光るだろう

心をみつめて

六篇

羽賀壽子

わたしの名前　壽子《ひさこ》

目を閉じると両親の笑顔が浮かぶ

小学校入学前父の部屋に呼ばれた
机上に「壽」と大きく書いてある

おさむらいさん（士）の笛《フエ》の長さは一吋《インチ》
この字はね、ひさ子が大きくなって喜ぶことが
とっても多いようにつけたんだよ
解らぬまま練習の紙は黒くなり、入学すると
その字は名前欄に　はみ出していた

小学校一年生の頃　親戚の結婚式
渡された風呂敷に「壽」の文字
泣き乍《なが》ら大声で「私の名前　黙って使ってるぅー」
困った母が「あなたのお名前はお風呂敷の字から戴いたのよ」
私には　心の財産が二つある
満州で字を教えてくれた父は
誤診のため急死した

生命閉じる前、父のやさしい声
思い出に浸った母の顔

私は、辛い時、嬉しかった時、両親の
やさしい声や笑顔と共に　生きてきた

この事を　喜ばなきゃあ
ありがとう
　お父さん　お母さん
両親との想い出の中に
私を　遊ばせ
生きて行こう

コロナの夏とペスト菌

春の訪れを待ち続けていた頃
この感染症が　日本国土に染みついた
今では恐れられている。
治療法も研究中
毎朝、検温、からだに
「あなた　大丈夫」などと問いかけてみる
朝食前、丁寧な手洗いをする
最後に　親指を回し洗う

「あ、この洗い方、満州で習ったあ」
戦争中、満州国に　住んでいました
そう、伝染病が　流行《はや》ったのです
あの光景は忘れません
私は学校の行き帰りに、警察署前で
鼠かごに入れた鼠を届ける中国人が
一本の鉛筆をもらう満足そうな表情を見ていました

そしてもう一つショックなこと
窪地にある　中国人の
家屋地帯を　焼却消毒していたのです
ペスト菌消滅のためでした
私は高台に住む日本人として眺め続けていました

この炎の色は八十年過ぎた今も脳裏《のうり》に

刻みこまれて消えません
その帰り途、低学年生が
道端で昼食中の二、三名の中国人に
斜めから小石をけったのです
「いけないことしたんだよ」
「だって日本人じゃあないもん…」背を向け
食べ始めた人に「ごめんね」と私は言いました
帰宅して伏せていた父に話すと
「えらかったよ。人間はみんな同じだからね」
その後、誤診のため、亡くなりました

心の叫び

「患者さんがいない――」
花火を観る夜
手わけしてナースが走る――
長い時たった　あの夜――

個室の奥、ベッドの隅の床にうずくまっていた
両手で目と耳を押さえ、震える冷えたお体

スキンシップをし続けた
花火は　終ろうとしていた

無言の時

やっと　手指を　はなした
花火の音は　消えていた
涙に濡れたお顔が　光っている
「やっと忘れかけた音をここで聞くなんて……」
「あの音は焼夷弾ではない——
　　爆弾の音。」
遠くを　見詰めている
「私は、東京大空襲で孤児に
　なりました」
私は、この少し前

疎開をして命拾いした
思わず頭を下げた

心をみつめて

満開の桜、テレビの中で　光る
あっ、この地は、二人で訪れましたね
花びらの香り
もう　あの時は　訪れない
テレビ画面から眼をはなさず　私は
大きな　ため息を　吐いていた
あ、後ろにいた孫娘が　いない
まもなく
「どうぞ」と、そっと手をさしのべた孫娘

絵だ
「おじいちゃんと二人で散歩しているよ、お花のもとで……」
私を　みつめている

彼女の描いた　一枚の絵
涙が　にじんだ
私の吐息を　しっかりと感じとっていた孫

桜の下を楽しそうに手を繋いで歩く二人
小さな声も聴こえて
絵の中で生きている　動いている
足音も聞こえる

画面の左下には大きな花びら一輪

私の心をよみとった孫の感性
なんて優しい　思いやり
涙がにじんだ　倖せの七色の虹が見える
こころして生きていこう
励ましを　有難う

力づよい手

あら、どこのチャンネルもコロナ禍
学ぶんだという心　気張って見入ったテレビ
眠りにおそわれた時
「おばあちゃん　好きなお花は？」
「そうね　今ならコスモスの花ね」

いつの間にか　彼女は　私の手を描いていた

「腕輪にコスモスよ。」

小学校低学年から、女学校生徒まで戦争を
見つめていた手　学校行事は草とり毎日
「おばあちゃん　しっかり生きたね
力強さを感じるよう」
「有難う　八十八年よ」

ウインク

愛犬コロが生を終えた

その鳴き声は　遠くから聞こえ続けて
いたことを　覚えている

一年が経った　思いがけず
同じ種類の　雌犬がやってきた
家族でつけた名前は　ロコ子

ふと気づいた

朝　勤めに出かけようと
声かけし　顔を見ると
右目でウインクしている
　あらぁ　ありがとう　人間なみね

帰宅すると
愛くるしい表情でウインク
毎日の暮らしに励みが出て
とっても嬉しかったことを
今も　はっきり覚えている
　ロコ子　ありがとう！

我孫子だより

四篇

鈴木文子

我孫子だより

利根川の堤防　枯れ葦の根元で
若い緑が背伸びしている
肩寄せあって　春を浴びている
柔らかい風に揺れる葦が
遠い日のスクラムを見るようだ

あぜ道は　まだ寝ぼけ彩だけど
枯草の陽だまりに
時おり　瑠璃色が見える
——あんたは素敵ね

オオイヌノフグリに声をかけると
甦ってくる　遠い日の仲間たち
若い日の　泣き笑い

農夫が
ガスバーナーで稲株を焼いている
振り上げ　振り下ろす
繰り返される長短のリズムは
台地にひょっこり浮上した
大道芸人のようだ

仕事始めの儀式
たなびく煙が　戯れながら
あぜ道を這って行く
坂東太郎の流れと　二人づれで

仏の座

春の陽ざしが濃くなると
白茶けていた田や　利根川の堤防が
とりどりの新緑に染まる
帰化植物たちの春祭だ

祭一番の賑わいを見せるのは　仏の座
半円形の葉が向かい合って
唇の形した赤紫の花が
蓮の花に乗った名前の由来とか

一七八二年から五年に亘り
奥羽・関東地方を襲った
天明の大飢饉
各地で　一揆・打ち壊しが続出し
疫病　餓死者九十万人

水に流すから　水子
流れて泡と消えるから　泡子
村々の女たちが　腰まで水に浸かり
泣き　叫び　狂って我が子を流した川
遠く川沿いの村々から
流れて来るへその緒を
海に送り届けた利根川
「水子たちの霊が鮭になって上ってくる」
昔　城侑さんから聞いた由来だ

今年も　堤防には満開の仏の座

茨城県利根町
徳満寺　四百年余の歴史ある寺
本堂に収められた
間引きの絵馬を
大木に宿った仏たちが見守っている

郷土の雨乞い祭り

ツーツーヒャラリコヒャ
ツーツーヒャラリコ　ツーヒャラリコ
津久の重次郎さんが
津久へ登った　エーヘンヤー

ふるさと　千葉県野田町
津久舞は上町・中町・下町がリレーで担当する
夏祭りのメイン行事だった
祭りの発端は
享和二年（一八〇二）大旱魃《だいかんばつ》にみまわれ

町が主催した　雨乞い神事に始まる
重次郎さんと呼ばれる津久男が
津久囃子と共に　町中をねり歩き
津久柱が立つ会場に戻るのは
夜中　一二時過ぎ
宵津久が　明け津久になるのは毎年のこと

津久柱は地上五二尺（約一六メートル）
柱の頂上には　十字架と醤油樽
蛇体と呼ばれる　金具が取り付けられ
雨蛙に扮装した津久男が
曲芸を演じながら柱に登り始める

ツーツーヒャラリコヒャ
つくの重次郎さんが

つーくえ登った　エーヘンヤー

お囃子につれ　登ってくる雨蛙を
大蛇が飲み込もうとするが
金具のクツワに邪魔され歯が立たない
大蛇は怒り狂い　身をよじり大あばれするが
重次郎さんは　頂上の醤油樽に立ち
破魔弓を四方に射ると
さらに大蛇は怒り狂い　身をよじりあばれ
ついには雨雲を呼び　雨を降らすと
津久男重次郎さんが
綱渡りの技を披露しながら地上に向かう

夏祭りが近くなると　あの日の記憶が飛んでくる
今は無い　津久舞　遠くなった故郷

＊『勝鹿名所志』によると津久舞は、大和民族が山から降りてきたという伝説から、山の神にまみえる式典。茨城県筑波から伝わった舞なので、筑波をつめて「つくまい」となった。

秋　蒼い空の記憶

利根川には
時おり　世界の空が降りて来るらしい
蒼いワンピース姿で
ゆるやかな流れと　風にたわむれ
ステップを踏む姿もあるらしい

遠い日　小さな映画館で
蒼い空を羽織ったことがある
――どうぞお試しください　と
下がっていた空色のロングドレス

アフガニスタン女性の伝統服
ブルカだった
化学繊維のプリーツが　サラサラ音立て
声かけるように　足元に纏わりついた

アフガンの女性たちは
学校も仕事も禁じられ
戦争　内戦　貧困に泣く暇もなく
家父長制に転がされ
赤茶色の台地を生きていた
ころがりながら　女性たちが見たのは
ブルカ色した蒼い空

「どうぞお試し下さい」
映画館で　ブルカを纏《まと》ってみると

不意に　女性たちの声がした
――大統領になって　戦争をなくす
女たちは　ブルカをまくし上げ
大海原に船出しようとしていた

利根川の川面に　空が降りている
プリーツ色した
ブルカ女性たちの記憶を連れて……

あとがき

「文子さん、『朗読の会』を立ち上げなさいよ…」

会発足の発端は、新川和江先生からの電話だった。突然の提案に戸惑っていると、先ず市の「公報」で会員を募集することなど、事細かなアドバイスをいただいた。その結果、八名の皆さんから応募があった。

「声で伝える　鈴木文子の朗読の会」

新川和江先生の命名により、会が産声をあげたのは、二〇一七年二月四日。

「鈴木文子さんの朗読を、はじめて聞かせて頂いた時の感動は、十年経った今でも耳底に、心の奥に熱く根付いています」（新川先生からの手紙より）

との言葉が私の背中を強く押してくれた。

会発足当初は毎月一回、後に二回とし現在も続いている。今年は会発足から五年目を迎え、朗読も作品もこれからではあるが、節目の一歩として、合同詩集出版を決意した。

この合同詩集『心をみつめて』には、新川先生の詩「木かげ」を冒頭に掲載させていただき、心より感謝申し上げます。これを励みとし、会員である藤井民子、窪谷泰子、山﨑清子、永田浩子、太田章子、野口正士、清水美智子、羽賀壽子の各氏と共に新たな一歩を踏み出そうと思っている。

合同詩集出版に際して、編集の事細かなアドバイスなどをご指導下さいましたコールサック社代表の鈴木比佐雄氏に心より感謝したい。

二〇二一年三月

鈴木文子

共同著者代表　略歴

鈴木文子（すずき　ふみこ）

1941 年　千葉県野田市に生まれる。

既刊詩集

『鈴木文子詩集』、『おんなの本』、『女にさよなら』（第二〇回壺井繁治賞受賞）、『鳳仙花』、『夢』、『電車道』、『海は忘れていない』

所属

「日本現代詩人会」・「戦争と平和を考える詩人の会」・「いのちの籠」など各会員、「朝露館につどう会」・「詩人会議」・「野田文学」・「野田地方史懇話会」など各運営委員、「私鉄文学集団」代表、「声で伝える鈴木文子の朗読の会」主宰

住所

〒 270-1173　千葉県我孫子市青山 4-1　ノトスアゼリア 210

石炭袋

合同詩集　心をみつめて　声で伝える　鈴木文子の朗読の会　編

2021年4月20日初版発行
共同著者　新川和江　鈴木文子　清水美智子　山﨑清子　永田浩子
　　　　　太田章子　藤井民子　窪谷泰子　野口正士　羽賀壽子
編　集　　鈴木文子　鈴木比佐雄
発行者　　鈴木比佐雄
発行所　　株式会社 コールサック社
〒173-0004　東京都板橋区板橋2-63-4-209
電話 03-5944-3258　FAX 03-5944-3238
suzuki@coal-sack.com　http://www.coal-sack.com
郵便振替　00180-4-741802
印刷管理　（株）コールサック社　製作部

装丁　松本菜央

落丁本・乱丁本はお取り替えいたします。
ISBN978-4-86435-480-6　C0092　￥2000E